句集

膝抱いて

星 揚子

本阿弥書店

序

星揚子さんの俳句は健康的で明るい。そのうえウイットに富んでいる。句集には「白魚火」に入会前の俳句が二句収められているが、いずれも完成度が高い作品である。

俳句への出発は勤務していた高等学校の校内句会「いまたか句会」である。指導者は「白魚火」の鳥雲作家であった橋田一青先生。〈泣き空の一青忌なる植田かな〉揚子さんの敬愛する一青先生を慕う気持ちがひしひしと伝わってくる。

「白魚火」に入会後は新鋭賞、同人賞を受賞し、さらには特別作品の「みづうみ賞」を二度も受賞している。これは揚子さんの俳句の力量を示すものである。揚子さんの力量は書道でも示されている。全国公募の毎日書道展で「毎日賞」を二度の受賞、そして栃木県書道連盟理事など現役の書道家として活躍している。

折鶴に早春の息注ぎ込む
寝ころべば空の広がる揚雲雀
ネックレス選ぶたのしさ夏は来ぬ
肩に萩触るる小径を歩きけり
落葉踏む音合はせたく歩を合はす

こころ弾むような青春の匂う句である。〈折鶴に〉の早春の息は即ち作者の青春の息である。〈寝ころべば〉の広がる空は作者の明るい未来。〈落葉踏む〉は作者と一緒に歩いているような気持ちにさせられる。

作者の若々しい感性が俳句の内容や表現の独特な把握となって表現される。

採点のまるのリズムや百日紅

教え子達の成績のよさが「まるのリズム」にある。しかも、百日紅の赤がまるの多さを教えている。巧みな季語の斡旋である。

十薬や鼻の頭に雨落ちて

十薬と鼻の頭の結びつきに意外性があり、誰も俳句にしなかった組み合わせである。

鶺鴒の飛びつつ弾みつけてをり

鶺鴒の飛びようを活写して、「飛びつつ弾み」はユニークな表現。

おせつかい焼きて遅るる神の旅

神様にもおっとり型やそそっかしい型がいるが、これはお節介型。頼まれもしない縁談話をしていたのだろう。ユーモアに富んでいる。

噴水のしやつくり一つして止みぬ

目をこきと動かし蜻蛉飛び立てり

黒塀を逆さ睨みの女郎蜘蛛

斧きゆつと縮め蟷螂枯れゆけり

「しやつくり」や「逆さ睨み」などややもすればマイナスになる言葉をユーモラスに使って句を明るくしている。「こきと」や「きゆつと」は蜻蛉や蟷螂の一瞬の動きを可愛く捉えて、観察眼の確かな句である。

俳句の青春性や明るさのみにとらわれると揚子さんの俳句の本質を見失うおそれがある。

時の日の鏡の中の私かな

鏡の前に座ってじっと自分を見詰めると、現在の自分から過去の自分へ、そして再び今の自分へと時が行き来する。静かに自己を顧みる内省的な句。

膝抱いて少女見つむる春の山

少女の見ている山は、これから木々が芽吹かんとする春の山。希望の山でもある。膝を抱く少女が作者に重なる。揚子さんの句が内面へ向かっている。そして、こころが景を描写する。

初日射す森に魁夷の白馬立ち
耕して空がきれいになりにけり
なめらかに月光を引き泳ぎけり
ででで虫の殻はねむりの形かな

回廊の柱の影の二月かな
新豆腐静かに水を沈めけり
一葉落ち水の光となりにけり
地に届きたれば月光氷りけり

揚子さんの俳句が内面的に深化している。

陽炎の奥の赴任地なりしかな
職退きて見る学校のさくらかな
教室の窓より探す揚雲雀
赴任地はまだ見ぬところ春の風

職場でよき指導者や仲間に支えられたことが、揚子さんの天性の感性を目覚めさせたのだろう。「白魚火」の目指す写生を実践しながら、独自の境地を開拓している。それがさまざまな表現となって、一句一句に輝きを与えている。揚子さんは豊かな感性と洗練された知性で、自分の信じる俳句をますます深化させることだろう。次の句集が待たれる。

令和四年　立秋のころ

白岩　敏秀

句集　膝抱いて＊目次

装幀　花山周子

句集　膝抱いて

星　揚子

燕飛ぶ

昭和六十三年～平成十六年

折鶴に早春の息注ぎ込む　昭和六十三年

ラムネ飲むたびにビー玉確かむる　平成二年

香水の瓶に大きく透ける指　平成四年

無花果の臍の笑ひて熟しけり　平成五年

悴みて小さきと思ふボタン穴　平成六年

落ちしより椿の花弁やはらかし

風止みて凧糸急に柔らかき
雨に色あり紫陽花の色加ふ

紙漉の一揺りごとの厚みかな

恋猫の恋の遂げられさうもなし

平成七年

やつかいな憂鬱の文字栗の花

汗拭ふ手の甲も汗かいてをり

窓叩く火蛾に大きな目の模様

空蟬の透明な目のにらみかな

平成八年

空に壁ありて弾くるしゃぼん玉

きらきらと地球が光る植田かな

噴水のしやつくり一つして止みぬ

恋猫となり知らんぷりして通る

平成九年

竹落葉風に重さのありにけり

銃眼を覗き込みたる女郎蜘蛛

ゆつくりと合歓咲く道を戻りけり

少しづつ遅るる時計ちちろ虫

平成十年

等圧線指紋のごとし寒波来る

啓蟄の覗きたくなる土管かな

陽炎の奥の赴任地なりしかな

声届くところにをりて端居かな

秋涼し即身仏の緋の衣

目をこきと動かし蜻蛉飛び立てり

先導の歩幅正しき秋祭

ひかへめにして満開の枇杷の花

水温む指輪時々回す癖　平成十一年

袖口を一つ折りして薄暑かな

ほうたるに時ゆるやかに流れけり

十薬の照らしてをりぬ己が闇

黒塀を逆さ睨みの女郎蜘蛛

合歓咲いて曇天の日の続きをり

採点のまるのリズムや百日紅

落ちゆける滝に遅速のありにけり

どこからといふことのなく紅葉せり

水さつと流し俎始かな

平成十二年

寒鯉の水重さうに動きをり

鷲摑み少し戻して豆撒きぬ

さつぱりとしすぎるほどに剪定す

答待つごとく間をおく青葉木菟

日焼の子はきはきものを尋ねけり

きのふとは違ふ青空梅の花

平成十三年

寝ころべば空の広がる揚雲雀

機嫌よき夫の厚切り初鰹

十薬や鼻の頭に雨落ちて

泣き空の一青忌なる植田かな

ホスピスの大きな窓や秋の空

陵は小さき山よ鳥渡る

手に取れば餅花弾みをりにけり　平成十四年

氷柱伸び手に届く高さとなりぬ

燕飛ぶ空を飛び出しさうに飛ぶ

空蟬と生まれし蟬と並びけり

障子貼り終へたり耳を澄ましたり

蟷螂の枯れて重心定まらず

平成十五年

鶏を庭に遊ばす彼岸かな

糸固くなりて一気に凧揚がる

風船の意志あるごとく擦り抜くる

春愁と言つてしまへばそれつきり

一ひらが舵取つてゐる花筏

母の忌に百足叩いてしまひけり

青田見て農夫頷きをりにけり

少年のくりくり頭梅雨明くる

蜜柑剝く花びら開くやうに剝く

咲き出しはいつも唐突返り花

平成十六年

水に火の映りて野火の膨れけり

屋根裏の小さな窓や鳥帰る

ネックレス選ぶたのしさ夏は来ぬ

マニキュアをきつぱり落とし夏果てぬ

宿坊のぬるき薬湯法師蟬

ゆつたりと括られてゐる寺の萩

掘り上げし蓮根ピノキオめけるかな

寄鍋や尾鰭あれこれつく話

母の忌

平成十七年〜二十三年

平成十七年

松過ぎの町にサーカスやつて来る

寒の水一瞬喉に詰まりけり

肉まんの湯気はふはふと二月かな

雛罌粟や右に曲がれば美術館

持て成しもお持たせもまた柏餅

著莪の花水湧いてゐる小暗がり

ぽつと点く螢一つの息づかひ

母の忌の暁を蜩奏でけり

肩に萩触るる小径を歩きけり

草紅葉伏流水の湧くところ

手入れせぬやうな手入れの秋の庭

斧きゆつと縮め蟷螂枯れゆけり

十二月八日地下鉄がうがうと

若水や億光年の星明り

一片の凍蝶落つる軽さかな

沼はまだ日陰にありて寒鮒釣

寒昴足早に行くジャズの町

啓蟄や画鋲ぽとりと外れ落つ

平成十八年

枝垂桜枝に確かな力あり

存分に日当たりながら菊枯るる

標札をまつすぐ正し年用意

春障子開けて青空見上げたり

平成十九年

腕時計外す薄暑の昼餉かな

孑孑のまづは沈んでみせにけり

風鈴を全部鳴らして店開く
ときめきのありさうカンナ咲く道は

花びらの影やはらかな冬牡丹

平成二十年

探梅やいつしか元の道に出て

二歩目より大胆に踏む薄氷

涅槃寺やうす桃色の鳩の足

目で追へる速さに落ちて春の雪

陽炎を虎のごとくに猫歩む

将棋指す音のぴしりと遅日かな

親の顔飲み込みさうに燕の子

羽畳み星の定まるてんと虫

まだ何かゐさうな暗き蝉の穴

夕端居きのふと同じ父のゐる

ところどころ固まつて滝落ちにけり

草蜉蝣さみどりの息吐いてをり

昼の虫鳴かせ老舗の豆腐店

虫の音を聞き分けらるる数となり

茶の花やくるりとまろむ鉋屑

月光を浴び狼と化しにけり

写真屋に雀八十八夜かな

平成二十一年

モスク出て五月の風に吹かれをり

夫の後黙つて茅の輪くぐりけり

蟻動く影を落とさぬ速さかな

汗の手を握り試合の終はりけり

十六夜の光りて寄する波頭

天高し飛び出しさうな風見鶏

秋風を背に頬杖の啄木像

柚子たわわ五日も梯子掛けしまま

極月の空《から》の鳥籠揺れてをり

永き日の耳を動かす麒麟かな

平成二十二年

羽一つ拾ふ五月の小径かな

木天蓼の花やここより会津領

勝手口までの十薬明かりかな

落し文開いてみてもいいかしら

じつとしてゐるは束の間天瓜粉

川音の聞こえて来たる虫送

先頭の引つ張つて翔つ稲雀

交番にてるてる坊主秋の風

夢語りつつさくさくと林檎食む

冬晴の動かぬ水の光かな

落葉踏む音合はせたく歩を合はす

社会鍋夕日を入れて終はりけり

平成二十三年

涅槃図の裏にゐるかもしれぬ猫

曲がる時補助輪浮きぬつくしんぼ

道に迷ふこともまた楽し葱坊主

菜の花の明かりそのまま水明かり

古時計止まる八十八夜かな

さざ波の形の変はる若葉風

カーテンの襞に五月の光かな

時の日の鏡の中の私かな

冷し酒一口ふふみ口火切る

秋草の揺れてもつともそれらしく

秋空に三平方の定理書く

毛糸編む指先に日を絡ませて

語り部の出だしゅつくりちゃんちゃんこ

膝抱いて

平成二十四年〜二十七年

リコーダー吹く少年の二日かな　平成二十四年

ままごとのやうな七草買ひにけり

極寒の背表紙厚き大字源

蕗味噌苦し何かを思ひ出しさうな

いつ聞くも母てふ音のあたたかし

受験子のけふは口笛吹いてをり

ひひなみな遠眼差しでありにけり

膝抱いて少女見つむる春の山

穏やかに町を抜けゆく春の川

蒲公英の絮飛んでゐる薬草園

イヤホンの音の漏れゐる薄暑かな

甲冑の口開いてゐる薄暑かな

この道は獣道かも草いきれ

火縄銃に家紋一つや油照

警官の窓拭いてゐる今朝の秋

抱き上げて触れさせてゐる秋桜

豆腐屋の白き長靴秋澄みぬ

鶺鴒の飛びつつ弾みつけてをり

敗荷を又三郎が揺らしけり

正座して障子明かりを眼裏に

手袋の利き手は後に嵌めにけり

小屋一つ増えて兎の子がゐたり

あたたかやホース躍りて水飛びぬ

平成二十五年

花筏動きて水の流れけり

まづ跳ぬる足のじゃんけんチューリップ

葉の向きの揃ひて並ぶ柏餅

香水の振り向きざまに匂ひけり
おのづから指先揃ふ秋袷

平成二十六年

初日射す森に魁夷の白馬立ち

やはらかく握りて摘める蓬かな

水平に止まるシーソーあたたかし

海老蔵に似たる目刺が中ほどに

春光を浴びつつ白衣脱ぎにけり

紙風船突くや昭和の音を突く

味噌桶に大き蓋あり春の昼

膨らます風船顔に近づき来

夏めきて門前に買ふはつか飴

茄子苗を見に来て如雨露買ひにけり

浦島草予報より雨早く来て
草笛を吹く友だちになりたくて

法螺貝の一吹き神輿繰り出しぬ

蚕豆の莢の厚みを捥ぎにけり

迷ひ犬保護してゐますアマリリス

口赤き十二神将五月闇

おせつかい焼きて遅るる神の旅

爪先の時折動く日向ぼこ

よろめくは生きてゐること冬の蝶

初御籤書状のごとく開きけり

平成二十七年

しなやかにしてぴしぴしと寒の舞

耕して空がきれいになりにけり

今もなほ店は小さし桜餅

大仏の御手より蝶の生まれけり

手の力抜きて亀浮く薄暑かな

豆腐屋の笛はラの音若葉風

水辺より上がる蛇の尾すつと消ゆ

起し絵の松の一枝張り出せり

白靴を履けば爪先軽くなる

竹婦人今宵は右に置きたくて

失恋のことには触れぬ日焼かな

月祀る家ぢゅうの音みな消して

小鳥来る声出しさうな埴輪かな

駆け足が近づいて来る落葉かな

哲学の道やマフラー巻き直す

伎芸天障子明かりが指先に

味噌汁の湯気の短し虎落笛

納棺師

平成二十八年〜三十年

早春のパンの弾力ちぎりけり　平成二十八年

剪定の木より大きな脚立かな

吟行は四五人がよし初桜

風船に結ばれてゐる三輪車

花びらは光の重さ桜散る

遠足の吊橋に来て列正す

ピアノ弾く白き腕よみどりさす

屹立す殉死の墓碑や杉の涼

上がりゆく花火息吸ふ音立てて
なめらかに月光を引き泳ぎけり

稲妻や洗濯挟みぱちととぶ

駅長の突つく風船かづらかな

林檎切る涙のごとき種ありて

吊革の並びて揺るる小春かな

旅の荷を解きて広げて冬ぬくし

チェロを弾く腕を真横に聖夜劇

手前より奥がゆつくり雪降れり
平成二十九年

菫咲く少女に秘密一つでき

剪定の梯子の位置を決めにけり

職退きて見る学校のさくらかな

ほうと開く土偶の口や春の昼

石畳きれいに掃かれ花の寺

鍔軽く折りてをみなの春帽子

春の虹旧町名は鼠穴

行く春やことりと止まるオルゴール

青空を包み込みたる袋掛

葉桜や馴染んできたるユニホーム

樹木医の葉裏よく診る五月かな

芥子咲くや押して舵取る猫車

沢音のやうな葉擦れや山法師

でで虫の殻はねむりの形かな

走り出てぴたりと止まる青蜥蜴

向き変へて蟻また獲物引き始む

蜘蛛出でて動きの止まる納棺師

武蔵野の合歓咲く道を通りやんせ
へくそ葛嗅がせて嗅いでみたりけり

夏山にトロンボーンの腕伸ばす

夜濯の色鮮やかに絞らるる

本棚に本を戻して盆支度
指先に土を沈めて大根蒔く

山霧の棚田を薄く包みけり

左手も添ふる握手の爽やかに

月光を水面に返す能舞台

はぐれたる一羽が駅に稲雀

穏やかな川の蛇行や豊の秋

秋雨や湯屋の隣の蝦蟇口屋

股のぞきして色深き秋の空

豊の秋支流の太き疎水かな

身に入むや日に四千の鑿の跡

心地よき虫の羽音の小春かな

平成三十年

初夢はジャックと豆の木に登り

足着けば跳ぬるシーソー日脚伸ぶ

蹴つて向き変ふるバイクや草青む

仏像のＣＴスキャン地虫出づ

たんぽぽの絮の着地の決まりけり

歯車の見ゆるからくり長閑なり

三日月の形に畳む紙風船

花冷えの塩羊羹の固さかな

蝌蚪動く同じ形の影連れて

初夏の八百屋きれいに箱重ね

教会のやうな図書館若葉風

舟遊び幸来橋のほとりまで

新豆腐静かに水を沈めけり

一葉落ち水の光となりにけり

軽く萩押さへ通りぬベビーカー

きくきくと砂浜踏めば秋思かな

穂芒の揺るる弾力手に受けて
生けられて花器に落ち着く吾亦紅

爽やかにミシン目を切る紙の音

螻蛄鳴くや文書補修のピンセット

彼岸花秩父の空を押し上げて

鬼の子の揺るる鉄砲狭間かな

ばったんで止まるシーソー秋あはれ

石榴裂け蟻一匹を歩かしむ

藍甕の藍の匂ひや雪螢

松抱へ男二人の菰巻す

白菜をでんと八百屋のよくしやべる

武蔵野の水の豊かに冬菜かな

押入れの古き落書冬日射す

底冷えや臍引き締まる仁王像

タクシー

平成三十一年〜令和三年

追羽根の音の重さを返しけり

平成三十一年

鬼やらひ力士一行町に来て

回廊の柱の影の二月かな

ゆるやかな坂をゆつくり梅の花

駅弁を買つて帰りぬ卒業子

蹴る仕草してゐる赤子あたたかし

霾るや頬骨高き伎楽面

一向に引かぬ釣り糸春の雷

花弁一つ離れて八重の落椿

春光や時計回りに池巡る

舟泛かべたれば舟へと落花かな

幼子も胡座を組んで花筵

腹見せて近づく鷗春の空

ブーメラン五月の風を連れ戻る　令和元年

横顔は団十郎の雨蛙

美しく竹皮を脱ぐ一青忌

田水張り古墳は島となりにけり

早苗束落ちて広ごる水輪かな

梅雨晴間留学生の国旗揚ぐ

十あれば十の光のさくらんぼ

芙美子忌の焼印のある卵焼

部屋に風ほどよくとほり軆料理

炎天や白杖軽く地を叩く

蟬よりも高きところの蟬の殼

八月や画鋲の残る掲示板

ベビーカーの中の大の字秋高し

町抜くる川や色なき風の中

烏瓜下げて床屋に入りけり

穏やかな波の渡しや暮の秋

羽一つ浮かぶ渡しや秋惜しむ

冬ぬくし卵塔に手を当てをれば
紙漉の揺らして波を静めけり

餌台に雀来て年惜しみけり

薄紙に包まれし菓子春隣

令和二年

二人で聞くイヤホンバレンタインデー

手に握りもう一つ摘む蕗の薹

初燕還暦といふ始発駅

春昼の猫の甘噛み許しけり

振つてみる土鈴蛙の目借り時

逃水を追ひ越したくて走りけり

春夕焼尻を向けたる風見鶏

足抱へ牛の爪切る走り梅雨

ぴたと守宮指は写楽の絵のごとく

笹舟の留まる汀糸とんぼ

青田風の末広がりや一青忌

飛び込み板大きく弾む夏の雲

生きてゐるごと空蟬の目の光り
少しづつ動く子規忌の白き雲

虫時雨止みて動かぬ闇となる

調べねば書けぬ鬱の字散紅葉

何もなき田や冬晴の遠筑波

前脚を揃へてゐたる冬の蜂

白鳥の声満ち十羽づつ飛べり

初明り静かにものの動き出す　令和三年

初春の牛立ち上がる絵本かな

地に届きたれば月光氷りけり

日溜まりの顔よく動く寒雀

さざ波の脈打つてゐる蘆の角

涅槃寺近づく猫の鈴の音

教室の窓より探す揚雲雀

耕して空の広がる遠筑波

初蝶や軽くホースを巻き戻す

赴任地はまだ見ぬところ春の風

桜湯の息づくやうに開きけり

ゆつくりと切手貼りゐる春の宵

母の日の麵麭を焦がしてしまひけり

麦の秋十一人の鼓笛隊

桃のはや種の形に生り始む

一本の川の左右の植田かな

時の日や夫はカントが好きといふ

青嵐踏切の音ずれてをり

梅雨晴間雀は跳ねて走りけり

応援の大きな波の夏帽子

浴衣着て軽くなりたる下駄の音

穂芒の撓ひて戻りよきを選る

太陽をたつぷり石榴裂けにけり

門《かど》までをゆつくり父の小春かな

タクシーを追ひかけてゆく落葉かな

跋

星揚子さんが句集を上梓されること大変うれしく思います。
揚子さんは
　平成四年　　白魚火会に入会
　平成九年　　白魚火新鋭賞
　平成二一年　みづうみ賞
瞬く間の出世ぶりであります。
揚子さんが俳句を始めたのは勤務校での校内句会。「いまたか（今高）句会」
であります。
橋田一青先生のやさしく丁寧な指導に惹かれ俳句へと関心を深めてゆきます。

当時、一青先生は栃木県白魚火会会長であり、温厚でやさしく指導され、誰からも好かれていました。先生の選に入ることを願い、先生の句を選できたことに喜びを感じながらの緊張の中にも楽しい句会でありました。

「いまたか句会」は超結社の句会でありましたが、先生方の異動や一青先生の体調に合わせ鹿沼市内に会場が移り、全員が「白魚火」誌友として再出発。平成一三年五月一五日に一青先生は逝去されましたが、先生亡き後も皆さんの協力で句会を楽しんでいます。

揚子さんは書家でもあり、現在も月二回片道二時間余をかけて研究会に通っています。

平成二一年　毎日書道展かな部　毎日賞
平成二二年　日本書展内閣総理大臣奨励賞
平成二三年　毎日書道展かな部　毎日賞

など数々の受賞をされ、現在も書家としての道を極めるべく作品の制作に励み、また他の書展の審査を依頼されるなど活躍しております。

さらに揚子さんは

平成二五年　みづうみ賞（二回目）

平成二六年　白魚火同人賞

を受賞しました。「いまたか句会」の誇りでもあり、栃木県白魚火の皆さんの喜びでした。

白魚火同人賞「六月の雀」より

走り根に日の射してゐる大旦　揚子

墨の香の残りし部屋の淑気かな

花筏動きて水の流れけり

さみどりの明るさ注ぐ新茶かな

葉の向きの揃ひて並ぶ柏餅

群るることなく六月の雀かな

中ほどは畳まれてをり蛇の皮

どの句も平明な表現の中に詩情があります。一青先生からの「ものをよく見て詠むように」との教え、仁尾正文先生の「物」を通して詠むことの教えを常に心得ているように思われます。意外性のみでなく真実を見極めているのです。揚子さんはNHK俳壇のテレビ放送にもたびたび入選されています。

平成七年　恋猫の恋の遂げられさうもなし（鷹羽狩行選）
平成九年　少しづつ遅るる時計ちちろ虫（廣瀬直人選）
平成一一年　袖口を一つ折りして薄暑かな（倉田紘文選）
平成一四年　燕飛ぶ空を飛び出しさうに飛ぶ（鍵和田秞子選）
平成一九年　恋猫の恋占をしてやろか（茨木和生選）
平成二〇年　陽炎を虎のごとくに猫歩む（長谷川櫂選）
平成二四年　蕗味噌苦し何かを思ひ出しさうな（大石悦子選）

平成二八年　上がりゆく花火息吸ふ音立てて（正木ゆう子選）
令和三年　タクシーを追ひかけてゆく落葉かな
（特選一席　片山由美子選）
令和四年　部室には部室の匂ひ卒業す（片山由美子選）

黒羽芭蕉俳句大会知事賞
平成一七年　母の忌の暁を蜩奏でけり（黒田杏子選）

第三十二回俳壇賞候補作品の中の一句
蜘蛛出でて動きの止まる納棺師　揚子
選考委員の先生方から多くの講評をいただいています。

「白魚火」誌上ばかりでなくいろいろな俳句大会で入選しています。

揚子さんは現在、教員を定年退職され、宇都宮市郊外の学校に講師として勤務しております。田園に囲まれたまだまだ自然の残っている環境に満足しているとのこと。益々俳句に精進されることと思います。

穏やかな朝の植田や一青忌　揚子

橋田一青先生を偲んでの一句。師に対する敬愛の念と師を慕う気持ちが伝わってきます。これが揚子さんの人柄です。一青先生は西本一都門下の優等生でありまず。そして、揚子さんは一青門下の優等生なのです。「納得のゆく俳句」を作りたい。揚子さんの俳句の信条であります。これからも句会や吟行会でいい俳句を披露して下さることを楽しみにしています。

令和四年八月

星田一草

あとがき

昭和六十年四月、教員として初めての異動があり、ほどなくして二名の先生から俳句をやらないか、との誘いを受けた。即答できずにいると、私（当時二十八歳）よりも若い先生方が皆入ったというので、入れていただくことにした。月一回、土曜日の放課後に近くの公民館で、現職員の有志を中心として旧職員、学校医、卒業生の数名が加わった職場句会だった。指導者に栃木県白魚火会初代会長の橋田一青先生を迎えたが、新入会員以外は「白魚火」をはじめ他結社にも所属していたので、いわゆる超結社的な句会であった。（後に「白魚火」の一句会となる。）こうして入会した私は、すぐに歳時記を購入し、四月の句会に何句かを用意して臨んだのだった。

学校では書道の教員だったので、俳句を勉強していれば、「漢字仮名交じりの書」の単元で生かすことができるのではないか、また、自分の句を書作品にできるようになりたい、そんな思いを抱いていた。

私は電車通勤であり、車窓からの景色や駅から学校まで歩いていく間に見たことをよく句にした。これは定年退職するまで、そして、現在（非常勤講師）も続いている。橋田先生は「ものをよく見て詠む」ようにと写生の大切さをお話しになり、優しく丁寧なご指導をしてくださった。そんな橋田先生のお人柄に惹かれ、俳句の楽しさもわかってきて、平成四年、「白魚火」に入会することを決めた。

ものをよく見ていると、そこに気付きや小さな発見があり、驚きがある。そして感動がある。日常生活の何気ない出来事でも、自分にとってはその一瞬が心に残り、心を豊かにしてくれることもある。自分の五感を通して受け取ったことを五、七、五のリズムに乗せ言葉を紡いでいく。なんと幸せなことだろう。もちろん、なかなか句ができず悩むこともあるが、こうして、俳句を続けていられることをありがたく思う。

俳句を始めてからあっという間に三十七年が過ぎた。「白魚火」では故仁尾正文主宰、白岩敏秀主宰、諸先生、栃木県白魚火会の皆様にいろいろとご指導をいただき感謝申し上げます。

この度、白岩主宰、村上尚子先生から句集を出してもいいのではないか、とのお話をいただき、三十七年分をまとめることにした。ノートの膨大な数の一句一句には作句した時の思いが詰まっていて、自選はむずかしかった。何段階かに分けて最後に五〇〇句ほどに絞ったところで、その後の選を白岩主宰にお願いし、三七八句とした。

白岩先生にはご多忙のところ、選のみならず身に余る序文を、そして、栃木県白魚火会前会長の星田一草先生には、過分な跋文を賜り、心より御礼申し上げます。また、村上尚子先生には句集上梓にあたり、多方面でのアドバイスや励ましのお言葉をいただきありがとうございました。本阿弥書店の黒部隆洋様にはご教示をいただき、御礼申し上げます。

令和四年八月

星　揚子

著者略歴

星　揚子（ほし・ようこ）

昭和31年６月９日　栃木県生まれ
昭和60年　「いまたか俳句会」入会、橋田一青に師事
平成４年　「白魚火」入会、仁尾正文に師事
平成６年　「白魚火」同人
平成９年　「白魚火新鋭賞」受賞
平成21年　「白魚火」俳句コンクール「みづうみ賞」受賞
平成25年　同上
平成26年　「白魚火同人賞」受賞
平成27年　白岩敏秀に師事
平成27年　「白魚火」鳥雲集同人
令和４年　「白魚火」800号記念「評論賞」受賞

俳人協会会員
俳人協会栃木県支部幹事・事務局次長
栃木県俳句作家協会会員

現住所　〒320-0827　栃木県宇都宮市花房1-1-26

句集　膝抱《ひざだ》いて

2022年10月31日　発行

定　価：3080円（本体2800円）⑩

著　者　星　揚子

発行者　奥田　洋子

発行所　本阿弥書店《ほんあみ》

東京都千代田区神田猿楽町2-1-8　三恵ビル　〒101-0064
電話　03（3294）7068㈹　　振替　00100-5-164430

印刷・製本　日本ハイコム株式会社

ISBN978-4-7768-1625-6（3341）　Printed in Japan